나도 꽃인데
나만 그걸 몰랐네

일러두기

본문에 수록된 그림은 프랑스의 인상주의 화가
오귀스트 르누아르(Pierre-Auguste Renoir, 1841년~1919년)의 작품입니다.

나태주의
인생 시집 2

나도 꽃인데
나만 그걸 몰랐네

나태주 지음 | 김예원 엮음

니들북

해변가의 소녀들
Young Girls by the Water
1893

책을 읽는 두 소녀
Two Girls Reading
1891

이번이 인생 3부작 프로젝트의 두 번째 시집입니다. 지난번에 청소
년을 위한 시를 다루었으므로 이번에는 청춘을 위한 시를 모았습
니다. 실상 청소년 시기보다 청춘의 시기가 더욱 힘겹고 중요합니
다. 청소년 시기가 부모나 어른들의 보호 아래 꿈을 꾸며 살아온 시
절이라면, 청춘의 시절은 이제 부모나 어른의 그늘로부터 벗어나
'자기 스스로 인생의 주인공이 되어서 살아야 할 시기'이기에 그렇
습니다.

자기 자신도 계속해서 성장해야 하면서도, 타인이나 세상에 대
한 책임이나 의무 또한 무시할 수 없는 시기가 바로 이 때입니다.
그러므로 필연적으로 더욱 많은 갈등과 피로와 불안을 느낄 수밖
에 없습니다. 그런 그들에게 더욱 좋은 이웃이 필요하고, 더욱 많은
위로와 축복과 기도가 있어야 하는 까닭이 여기에 있습니다.

글쎄요. 나의 초라한 시가 그러한 청춘들에게 위로와 축복과 기
도가 되어준다면 얼마나 좋을까요? 감히 그러한 소망을 품고 이 책
을 세상에 펼칩니다. 더구나 이 책을 엮은 김예원 작가도, 그 자신
이 청춘인 사람입니다. 그 역시 여러 어려움과 갈등을 겪었고 힘든

시간도 보냈습니다. 그런 사람이 고른 작품이니 같은 또래의 사람들에게 더욱 친숙하게 다가가지 않을까 생각해 봅니다.

　시가 직접적으로 위로와 축복과 기도를 주지는 않습니다. 하지만 마음을 내려놓고 편안히 시를 읽다 보면 자기도 모르는 사이, 마음속으로부터 위로와 축복과 기도가 조금씩 눈을 뜰지도 모르는 일입니다. 날마다 지치고 힘든 우리 청춘들 곁에 이 시집이 잠시라도 찾아가 그들의 동행이 되기를 소망합니다. 진정 그러할 때 나는 시를 쓰는 한 사람으로서 가장 큰 보람과 기쁨을 느낄 것입니다.

2026년 새봄에
나태주 씁니다.

3부
오늘도 그것은 나에게
풀기 힘든 문제입니다

4부
**달과 별도 아니면서
우리는 반짝였네**

—

1부

때로는 조그만
풀꽃이었으면 좋겠습니다

내일의 소망

아파도 참아
아파도 조금만 참아줘
조금만 참으면 분명
좋아질 거야

힘들어도 기다려
힘들어도 조금만 기다려줘
조금만 기다리면 분명
좋아질 거야

좋아지면
잘 참아준 너 자신이
고마울 거야
끝까지 기다려준 너 자신이
대견해질 거야

그래서 웃게 될 거야
웃고 있는 너를 보고 싶어
그것이 내가 내일을 발돋움하는
조그만 소망이란다.

가을 햇살 앞에

고개를 숙여라
더욱 고개를 숙여라
손아귀에 쥐고 있는 것 있다면
그것부터 놓아라

스스로 편안해져라
너 자신을 쉬게 하고
위로하고 기꺼이 용서하라

지난여름은
또다시 싸움판
힘든 날들이었다

이제 방안 깊숙이
밀고 들어오는 햇살
우리 마음도 따라서
고요해질 때

가을은, 가을 햇살은
우리에게 겸손을 가르치고
부드러움을 요구한다.

모네 부인과 그의 아들
Madame Monet and Her Son
1876

꽃을 피우자

봄이 오니
화를 냈던 일
부끄러워진다
슬퍼했던 일
미안해진다

꽃이 피니
미워했던 일
뉘우쳐진다
짜증 냈던 일
속상해진다

나도 분명 꽃인데
나만 그걸
몰랐던 거다
봄이다 이제
너도 꽃을 피워라.

1부 _ 때로는 조그만 풀꽃이었으면 좋겠습니다

여행길에

1
네가 보고 싶어하는
사람만 보지 말고
너를 바라보는 사람도 좀 보아라
그 사람에게서 너의 길이
열릴지도 모른다
늘 네가 주인이려고만 하지 말고
때로는 배경이 되려고도 해봐라
그럴 때 더 좋은 일이 일어난다.

2
갈 길이 멀다
졸지 마라

그렇다고
겁먹지는 말아라

마음이 가벼우면
발길도 가벼운 법

늘 네 곁에 기쁘게
있고 싶어 하는

내가 멀리 있음을
또한 잊지 말아라.

나도 분명 꽃인데
나만 그걸 몰랐던 거다.

꽃바구니를 든 소녀
Young Girl with a Basket of Flowers
1888

그렇게 묻지 말라

그동안 무엇을 하며 살았느냐 묻지 말라
그것은 인생에 대한 모독이다
정이나 묻고 싶으면 어떻게 살았느냐 물어보라
더 나아가 무엇을, 어떻게 하며 살았느냐
그리 물으면 더욱 좋을 것이다

그동안 무엇을 보았느냐 들었느냐 묻지 말라
그것은 사람에 대한 절망이다
차라리 무엇을 느꼈느냐 물어보라
그러면 세상이 좋았는지 슬펐는지 대답이 나올 것이다.

가을엽서

보다 큰 것을 버리며
버리며 살리라

작은 것이라도 베풀며
베풀며 살리라

그러나 아직도 나는
버리기보다는 얻기에 힘쓰고

베풀기보다는 받기를 바라는
철부지

가을이시여
나도 한 번쯤
철이 들게 하소서.

가을날 저녁의 시

나 지금 알고 있는 것들
어떻게 알았겠는가?

책에 쓰여 있는 대로 배운 대로는
쉽게 살아지지 않는다고
더구나 말한 대로 들은 대로는
쉽사리 따를 수 없는 일이라고

나 지금 알고 있는 것들
어떻게 알았겠는가?

그동안 무언가 소중한 것들
끊임없이 주었기 때문이리
빼앗기기도 하고 잃어버리기도 하고
꺼꾸러지기도 했기 때문이리

세상에는 그 무엇도 그냥 아무렇게나
이루어지는 것은 없는 법

그렇다면 이만큼 알고 가는 것도
다행한 일 아니겠나!
나이 먹는 것 늙은 것도 좋은 일이고
이만큼이라도 알게 된 것만도
고마운 일 아니겠나!

젊은 여인의 머리
Head of a Young Woman
1888

에드몽 르누아르 주니어의 초상
Edmond Renoir Jr
1889

지금이라도 알았으니

이 세상은 오직 나 한 사람과
내가 아닌 수많은 너로 되어 있다
왜 그걸 일찍 알지 못했을까?

가장 좋은 인생은
나한테보다는 너에게 잘하며 사는 인생이다
왜 또 그걸 진즉 알지 못했을까?

그래
지금이라도 알았으니
다행이라고 생각하며 살자.

말을 아껴야지
막동리 소묘 97

말을 아껴야지, 눈물을 아껴야지,
참고 참으면 사람의 말에서도 향내가 나고
아끼고 아끼면 사람의 눈물도 포도알이 될 것이다.
혼자 속삭이는 말, 돌아서서 지우는 눈물.

그 아이

겉으로 당신 당당하고 우뚝하지만
당신 안에 조그맣고 여리고 약한
아이 하나 살고 있어요

작은 일에도 흔들리고
작은 말에도 상처받는 아이
순하고도 여린 아이 하나 살고 있어요

그 아이 이슬밭에 햇빛 부신 풀잎 같고
바람에 파들파들 떠는
5월의 새 나뭇잎 한 가지예요

올해도 부탁은 그 아이
잘 데리고 다니며
잘 살길 바래요

윽박지르지 말고
세상 한구석에 떼놓고 다니지 말고
더구나 슬픈 얘기 억울한 얘기
들려주어 그 아이 주눅 들게 하지 마세요

될수록 명랑하고 고운 얘기 밝은 얘기
도란도란 나누며 걸음도 자박자박
한 해의 끝 날까지 가주길 바래요

초록빛 풀밭 위 고운 모래밭 위
통통통 뛰어가는 작은 새 발걸음
그렇게 가볍게 살아가주길 바래요.

물뿌리개를 든 소녀
A Girl with a Watering Can
1876

장미 정원에서의 대화
Conversation in a Rose Garden
1876

저녁의 사람

인간은 날마다 저녁 무렵
한 번쯤은 진실해지고 솔직해진다

힘들게 하루의 일과를 마치고
휘이, 돌아보는 스스로의 기인 그림자
지친 어깨에 후들거리는 두 다리
다만 빈손에 들려 있는 무거운 가방 하나

어디로 가나?
누구를 만나야 하나?
막연한 두려움과 외로움
한사코 앞을 막아서는 오로지 안타까움

인간은 일생에 나이 들어
한 번쯤은 선량해지고 겸허해지기 마련이다

나 지금까지 무엇 하러 살았던가?
남긴 것은 무엇이고
버릴 것은 무엇인가?
더구나 나의 악덕은 또 무엇이었던가?

에움길

굽힐 수 없는 일을
굽히게 해주시니 감사합니다

기다릴 수 없는 일을
기다리게 해주시니 감사합니다

그나마 비굴하지 않게 하시니
더더욱 감사합니다

아, 저만큼 뚜벅뚜벅 앞서가는
한 사람, 당신이 이미 있었군요!

삶
별곡집 60

손님으로 잠깐 왔다 가는 이 땅 위에서의 삶,
하루를 살더라도 영원으로 알고 살아가야지…….
꽃과 나무와 풀들이 제 일생을 살다 가듯
나도 후회 없이 살다 갈 날을 생각해 본다.

피아노 치는 소녀들
Girls at the Piano
1892

반짝이는 게 어디 하늘의 별뿐이랴!

물은

물은 외로워도 외롭다 말하지 않고
기뻐도 어여쁜 모습 만들지 않는다.
다만 흐르고 흘러 낮아질 뿐이요,
낮아지고 낮아지다가 바다를 이룰 뿐이다.

다만 가슴을 비우겠습니다
구름이여 꿈꾸는 구름이여 21

다만 가슴을 비우겠습니다.
아무것도 바라지 않고
아무것도 꿈꾸지 않겠습니다.
아무것도 바라지 않는 것이 저의 기도입니다.
아무것도 기도 드리지 않는 것이 저의 기도입니다.
다만, 부끄러운 손을 잊고자
부끄러운 기억과 부끄러운 생각들을 버리고자
여기 이렇게 머리 숙였나이다.

1부 _ 때로는 조그만 풀꽃이었으면 좋겠습니다

출근길에

때때로 나는 아침
출근길에 나설 때
오늘만은 집에서 쉬며
책도 보고
밀린 편지도 쓰고 싶다고
생각합니다
그래서 일터에 나가는 것이
귀찮고 짜증스럽기도 합니다
그러나 출근할 수 있는
일자리가 있다는 것은 얼마나
고마운 일인지요
만약 우리가 출근할 수 없고
일자리가 없는 사람이라고
한 번 생각해 보십시오
그때 우리는 얼마나 자신이

초라해 보이고 절망스러울까요

집에서 쉬고 싶을 때

피곤할 때

가야 할 일터가 있다는 것은

고마운 일입니다

그러므로 우리의 삶은

탄력이 생기고 다시 한 번

싱싱해질 수 있으니까요.

1부 _ 때로는 조그만 풀꽃이었으면 좋겠습니다

어려운 질문

평화가 무엇인가 말해보라고요?
그것은 어려운 질문입니다
인생이 무엇인가
사랑이 무엇인가
대답이 어려운 것처럼 말입니다
억지로라도 말하라 하시면
하늘이 하늘대로 있고 땅이 땅대로 있고
인간이 인간대로 있는 것
땅 위의 나무나 풀, 짐승이나 벌레 하나까지
모든 생명들이 싸우지 않고
버팅기지 않고 스스로 그런대로
제 모습대로 살아가는 것
그것이 평화가 아닐까요!
거기다 더한다면 자기가 자기에게 만족하고
자기 스스로를 용서하고 사랑하는 것

그것이 또 평화가 아닐까요!
그러나 요즘은 지구 할아버지부터
병들고 힘들어 숨쉬기조차 어려운 세상
평화란 말을 입에 올리기조차 송구하네요.

독서하는 여인
The Reader
1874-1876

잡지를 읽고 있는 젊은 여인
Young Woman Reading an Illustrated Journal
1880

떠나야 할 때를 안다는 것은
사랑이여 조그만 사랑이여 58

떠나야 할 때를 안다는 것은
슬픈 일이다.
잊어야 할 때를 안다는 것은
슬픈 일이다.
내가 나를 안다는 것은 더욱
슬픈 일이다.

우리는 잠시 세상에
머물다 가는 사람들.
네가 보고 있는 것은
나의 흰 구름.
내가 보고 있는 것은
너의 흰 구름.

누군가 개구쟁이 화가가 있어
우리를 붓으로 말끔히 지운 뒤
엉뚱한 곳에 다시 말끔히 그려넣어 줄 수는
없는 일일까?

떠나야 할 사람을 떠나보내지 못하는 것은
안타까운 일이다.
잊어야 할 사람을 잊지 못하는 것은
안타까운 일이다.
그러한 나를 내가 안다는 것은 더더욱
안타까운 일이다.

이유

나뭇잎 떨어져 썩는
숲속이 그리운 것은 아무래도
우리가 살다가 끝내 돌아갈 곳이
그곳이기 때문
우뚝우뚝 서 있는 나무와
바위가 정다운 것은 아무래도
우리가 돌아가 마지막 쉴 곳이
그들 옆이기 때문.

플랫폼

기차야 가라 어서 떠나라
이별한 사람들 너무 많이
마음 아프고 너무 많이 운다

기차야 더는 머뭇거리지 말고 가거라
네 갈 길을 서둘러 가거라

창밖에 서 있는 사람
창 안에 앉아 있는 사람
차가운 유리창에 손도장 찍으며
가슴 아파 울지도 못한다

기차야 가라 네 갈 길을 가라
더는 머뭇거리지 말고 가거라.

1부 _ 때로는 조그만 풀꽃이었으면 좋겠습니다

그것은 실수

이번 생은 무언가 많이 잘못되고 꼬여
실패라고 말하고 다음 생은
꼭 잘 살아보겠다고 말하는 분들 계시군요
그러나 아차, 그것은 실수입니다
잘못하는 생각입니다

이번 생이 있고 다음 생이
있는 게 아닙니다
정말 있다면 이번 생은
이번 생으로 한 번뿐인 생이고
다음 생은 또 다음 생으로
한 번뿐인 생입니다

어떠한 생이든 최초의 생이고
마지막 생이고
오직 유일무이한 한 번뿐인
생이란 이야깁니다
아차, 그것은 속임수입니다

속지 마십시오
속이지 마십시오
자신을 달래지 마십시오
아무리 조금 남은 인생일지라도
그것은 소중하고 아름다운 인생이며
진저리 치도록 감사한 인생입니다.

1부 _ 때로는 조그만 풀꽃이었으면 좋겠습니다

햇빛 아래의 거리
The Sunny Street
1900

길을 잃을 때

사막에서나 숲속에서만
길을 잃는 것이 아니다
멀리, 오래 가다 보면
어떠한 인생에서도
길을 잃을 때가 있다

생각해보자
내내 믿고 따라온 길이 사라졌다?
아뜩, 당황스럽고
절망이 되기도 할 것이다
그런 때 어찌해야 할까?

저 스스로 길을 찾아야 하고
저 스스로 길이 되어야 한다
지금까지의 인생은 남의 인생이고
그때부터가 진짜 자기의 인생이다

그렇다면 길을 잃어버린 것은
결코 잘못된 것이 아니다
오히려 잘된 일이고 하나의
축복이고 감사다
겁먹지 마라

길을 가다가 길이 사라졌을 때
길을 잃었을 때 거기서부터가
너의 길이다
너의 삶이고 네가 만들어야 할 길
너의 길이다.

1부 _ 때로는 조그만 풀꽃이었으면 좋겠습니다

이를 닦다가

자기가 건강한 사람이라고
생각하지 말고
아픈 사람이라고 생각해보자

자기가 새 거울이라고
생각하지 말고
깨진 거울이라고 생각해보자

자기가 성공한 사람이라고
생각하지 말고
실패한 사람이라고 생각해보자

자기가 집이 있는 사람이라고
생각하지 말고
집이 없는 사람이라고 생각해보자

세상이 대번에 달라질 것이다
사랑하는 사람이 더욱 사랑스럽고
자기까지 불쌍해져 눈물 글썽여질 것이다.

꿈속의 사막

앞부분에 잃어버린 문장이
여럿

무슨 가슴 아픈 사랑의 일이라도
일어날 뻔했지만
아무런 일도 일어나지 않았음

겸손하라
부드러워지라
다만 낮아지라

눈꺼풀에 모래 눈물을 만들고
입술 사이 모래 밥을 만드는
모래알들이 속삭여 주었다.

가을이 오면
구름이여 꿈꾸는 구름이여 7

가을이 오면
기다리던 사람이 올 것이다.
그러한 생각으로
가을을 기다려 본다.

어쩌면 사람과 계절이 이토록
잘 어울릴 수 있을까……

낙엽과 쓸쓸한 바람과 푸른 하늘을 데리고
오는 사람,
내가 기다리는 사람을
따라오는 가을.

가을은 내 기다림에 의해 빛이 나고
내가 기다리는 사람은 가을에 의해 물이 든다.

1부 _ 때로는 조그만 풀꽃이었으면 좋겠습니다

가을은 내 기다림에 의해 빛이 나고
내가 기다리는 사람은 가을에 의해 물이 든다.

책 읽는 소녀
Young Girl Reading
1880

오도카니

사람은 목숨을 걸고 하는 그 어떤 일이
있어야만 한다는 말을 누구에게선가 들은 적이 있다
그러지 않고서는 진정으로 성공하는 사람이기 어렵고
타인을 감동시키기 다시 어렵다는
말을 들은 적이 있다

목숨을 걸고 하는 돈벌이
목숨을 걸고 하는 공부
목숨을 걸고 하는 운동경기
목숨을 걸고 하는 연애…… 그리고 또 무엇 무엇

명색이 시인이라 그러면서
나는 한 번인들 목숨을 걸고
시를 써본 적이 있었던가?
밤중에 깨어 일어나 오도카니
불을 켜고 앉아 스스로에게 물어본 적이 있다.

따뜻한 눈길로 삶을 사랑하리라

잃을 것이 있으면
얼마나 더 잃을 것이며
얻을 것이 있으면
얼마나 더 얻을 것이랴

이제 잃을 만큼 잃었고
얻을 만큼 얻은 그대와
나,

따뜻한 눈길로
그대를 바라보고
나를 바라보리라

그리하여 따뜻한 눈길로
그대와 나의 삶을
사랑하리라.

1부 _ 때로는 조그만 풀꽃이었으면 좋겠습니다

젊은 딸들에게

딸들아.
우리나라의 젊고 이쁜 딸들아.
이제 우리나라에는 가을이 가고
가을 풀벌레들의 강물 소리도 얼어붙고
낡은 무덤과 지붕들 위에 지친 산맥들 위에
순백의 흰 눈이 내려 덮여야 하는 겨울이 온다.

그러나 딸들아.
나는 오늘 잘 여문 벼이삭 수수이삭들을 보며
너희들의 잘 여문 가슴을 생각하고
잘 익은 콩꼬투리며 팥꼬투리들을 보며
너희들의 그 이쁜 발가락 손가락을 생각한다.
또한 딸들아.
감나무 가지 위에 마지막 남은 홍시를 보며
너희들의 탐스런 대리석의 젖가슴을 생각하고

가을 하늘같이 맑고 맑은 눈빛을 생각한다.
생각하고 생각한다.

겨울에도 얼지 않고 속삭이는 작은 시냇물 소리를
그 가슴 안에 가진 딸들아.
보다 더 많이 눈에 덮여
은은히 살 부비며 흐느끼는
솔바람 소리를 그 가슴속에 지닌 딸들아.
너희들은
햇빛 속을 희고 빛나는 이빨로 웃으며
크고 튼튼한 알종아리로 종종종 걷다가도
돌아와선 수틀 앞에 조용히 앉을 줄도 알고
방안의 그 큰 고요의 호수 속에도 잠길 줄 알아야 한다.
그래야 한다.

그러므로 딸들아.
우리나라의 젊고 이쁜 딸들아.
나는 오늘 믿는다.
너희들의 가슴의 그 고요한 호수만을 믿는다.
믿고 또 믿는다.

피아노 곁에 있는 카튈 망데스의 딸들의 초상
The Daughters of Catulle Mendès
1888

그리하여 따뜻한 눈길로
그대와 나의 삶을
사랑하리라.

2부

따뜻한 눈길로
삶을 사랑하리라

먼저 잠

수고했네 자네 오늘도
일찍은 아니지만
집에 돌아가 편히 쉬게나

그대 보고 싶은 마음
달래며 나 먼저 잠의 나라로
가려 그러네

그대도 생각나거든 나의
꿈속으로 찾아오시게
내 따스한 방바닥에
비단 방석 깔아놓고
그대를 기다림세

우리 차 한 잔 우려
함께 나눔세
그러노라면 우리 사랑에서도
향내가 번지지 않을까 싶네.

결혼

외로운
별 하나가
역시
외로운 별 하나와
만났다
세상에 빛나는 별
두 채가 생겼다

언제나 춥고
쓸쓸한 여자,
사내 옆에 서서
오늘은
따뜻해 보인다.

어머니로부터

아이야 잊지 말아라
어떠한 경우에도 내가 너를
사랑한다는 사실!

모든 세상이 돌아서고
세상의 모든 사람들 너를 배반해도
나만은 네 편이라는 사실!

네가 어떠한 길에 있고
아무리 어둡고 힘든 길을 간다 해도
네 곁에 내가 있다는 사실!

의심하지 말아다오
그것은 처음부터 내가 너이고
네가 또 나였기 때문이란다.

2부 _ 따뜻한 눈길로 삶을 사랑하리라

수를 놓는 크리스틴 르롤
Christine Lerolle Embroidering
1895

책 읽는 소녀
A Girl Reading
1891

다시 초보 엄마에게

다시 초보 엄마야
안녕!

새아기에게 세상이
새롭게 눈을 뜬
세상이 새롭게
눈부시듯이

아기를 따라서
엄마의 세상도
새롭게 눈을 뜨고
새롭게 눈부신
세상이기를!

오늘만 그런 게 아니라
내일도 모레도
오래 오래
그러하기를!

늙은 아내

물보다 진한 것은 피이고
피보다 진한 것은 시간

세상에 와서 가장 많은 시간을
함께 산 사람

그는 이미 여자 이상의 여자이고
가족 너머의 가족이다.

그가 섭섭하게 대해 줄 때

그가 섭섭하게 대해 줄 때
그가 내게 잘해 준 일만을 생각합니다
그가 미워하는 마음을 가질 때
그가 나를 위해 기도해 준 일을 생각합니다
그가 크게 실망하고 슬퍼할 때
그가 작은 일에도 기뻐하던 때를 되새깁니다
그가 늙고 병들어 보잘것없어질 때
그가 젊어 예쁘던 때를 기억하겠습니다.

따뜻한 등을 주십시오

따뜻한 등을 주십시오
따뜻한 그대 등에 기대어
훌쩍이며 울고 싶습니다
그대 등에 기대인 채
잠이 들고 싶습니다
보리모개 패어나는 보리밭이
보이겠지요
황토 언덕도 아득히
보이겠지요
그것도 아니라면
두엄 썩는 냄새 쥐똥 냄새라도
스미겠지요

따뜻한 등을 주십시오
따뜻한 그대 등에 기대어
잠들 때까지 울고 싶습니다
그대 등에 기대인 채
꿈을 꾸고 싶습니다.

아르장퇴유의 정원에서 그림을 그리는 모네
Monet Painting in His Garden at Argenteuil
1873

당신께 드립니다

사랑한 사람
어여쁜 사람
고마운 사람
당신 이름 앞에 골고루 한 번씩 붙여본 말들입니다

오늘은 모처럼 평안하고 밝은 마음을 전해요
천둥번개 먹구름 후려치고 떠나간 맑고 푸른 하늘을 드려요
소낙비 쏟아져 두드리고 가 더욱 푸르러진 풀잎 언덕의 둥시럿한
무지개를 드리고 싶어요

이제는 조바심하지 않으려 해요
떼쓰지 않으려고 그래요
당신 말 잘 듣는 착한 사람이려고 그래요
당신 마음 변할까 의심하기보다는
내 마음 오히려 변하지 않을까 걱정하려고 해요

우선 먼저, 내 마음부터 평화롭고 자유롭게 고요하게 만들어
당신 찾아오면 편안히 쉬다 가게 했으면 싶어요
놀다 가게 했으면 싶어요
신이 허락하신 만큼 오늘 하루치의 사랑과 평안과
따스함과 부드러움을 당신께 전해요

부디 오늘 하루도 잘 계시옵기를…….

감동

진정 한 사람의 마음을 얻고
참된 동의를 얻는다는 것

진정 한 사람의 사랑을 받고
또 그를 사랑한다는 것

그보다 더 귀한 감동이
세상에 또 있을까?

문득 잠에서 깨어 울고 있는 나를
당신은 지금 보지 못할 것이다

지구 건너편에서
또 이편에서.

새벽 이메일

아침에 잠에서 깨어
제일 먼저 생각하는 사람이
당신입니다

하루를 살면서 가끔씩
소스라쳐 얼굴 떠올리는 사람이
당신입니다

저녁에 잠들면서도
가슴에 품고 자는 사람 또한
당신입니다

이 다음, 나 세상 떠나 다른 별로 갈 때
그때에도 마지막까지 놓치지 않을 사람이
당신이었으면 좋겠습니다.

옆 사람

하늘길 가던 별 하나
길을 잃고
내 옆으로 왔나 보다

그렇지 않고서는
어찌 네게서
하늘 냄새가 날까

사막에 피어난 꽃송이
바람 따라
내게로 왔나 보다

그렇지 않고서는
어찌 네게서
마른 모래 냄새가 날까

목이 마르다
졸음이 오려고 한다
어깨를 좀 빌려다오
기대어보자.

2부 _ 따뜻한 눈길로 삶을 사랑하리라

새애기 들어오는 날

오늘은 좋으신 날 함박웃음 절로 난다
우리 집에 새애기 새 옷 입고 오는 날
꽃 들고 너를 맞으마 어서어서 오너라

스무 해도 넘는 세월 알뜰살뜰 고이 길러
남의 집에 보내면서 잘 살아라 기원하는
어버이 아린 그 마음 헤아리기 어려워

세상에 사람으로 태어나 어른 되면
누구나 혼인하여 새 가정을 이루는 법
딸 아들 낳아 기르며 어진 부모 되거라

우선 먼저 사랑해라 그리고 신뢰해라
올라가고 내려오고 널뛰기가 삶이거니
정이나 섭섭할 때는 좋았던 일 떠올려라

인생은 빨리 가고 모든 건 잠깐 사이
기쁜 일 좋은 일만 생각해도 모자라니
서로가 좋은 길동무 배워가며 살거라.

굴렁쇠를 든 소녀
Child with a Hoop
1875

아이의 초상
Portrait of a Child
1879

사막에 피어난 꽃송이
바람 따라
내게로 왔나 보다

내가 너를 위해
구름이여 꿈꾸는 구름이여 12

내가 너를 위해 할 수 있는 것은
네가 내게로 오겠다고 말할 때
그러라고 하고
네가 나를 떠나겠다고 말할 때
또한 그러라고 말하는 것뿐이다.

내 뜻으로서가 아니라
네 뜻으로 선택하도록
자유를 주는 일뿐이다.

모처럼 앓아누우면

모처럼 앓아누우면 행복해라
다시 어린아이가 된 듯싶어
다시 어린 시절로 돌아간 듯싶어
모처럼 열에 들떠 헛소리 치면
편안해라
모처럼 외할머니와 함께 살던
오두막집 그
안방의 이불 속으로
돌아간 듯싶어서.

어린아이로

어린아이로 남아 있고 싶다
나이를 먹는 것과는 무관하게
어린아이로 남아 있고 싶다
어린아이의 철없음
어린아이의 설레임
어린아이의 투정
어린아이의 슬픔과 기쁨
그리고 놀라움
끝끝내 그것으로 세상을 보고 싶다
끝끝내 그것으로 세상을 건너가고 싶다
있는 대로 보고 들을 수 있고
듣고 본 대로 느낄 수 있는
그리고 말할 수 있는
어린아이의 가슴과 귀와 눈과
입술이고 싶다.

그때 나에게는

오래오래 바라보고 싶었을 따름입니다
오래오래 그 곁에 앉아 있고 싶었을 따름입니다
할 말이 따로 있었던 건 아닙니다
들어야 할 말이 또 있었던 건 아닙니다
그렇다고 해야만 할 특별한 일이 있었던 것도 아니구요
두 눈 속에 고운 모습 잊혀지지 않도록
가슴속에 맑은 숨결 지워지지 않도록
말없이 오래오래 마주보고 싶었을 따름입니다
헤어진 뒤 오래오래 견뎌야 할 고적한 시간들을
가늠해 보는 일이 그때 나에게는
가장 견디기 힘든 일이었습니다.

작별

나중에 나중에 만나면
말해주세요
어디 어디서 우리가 만났었다고

그래도 몰라보면
그때 누구와 누구와
만났었다고 다시
말해주세요

그래도 그래도 모른다 하면
무슨 이야기를 했는지
풍경이 어땠는지
햇빛은 또 어땠는지
말해주세요

내친김에 또 말해주세요
만남은 비록 짧았지만 즐거웠고
슬픔이 오래오래 남아서
힘들기도 했다고.

메지 정원의 소녀
Young Girl in the Garden at Mezy
1891

그때 우리가 무슨 이야기를 했는지
풍경은 어땠는지 또 햇빛은 어땠는지
내게 말해주세요

보름달

초승달, 아기였는데
어느새 엄마예요

아기에게 젖을 물리고
환하게 웃는 엄마

보세요 달님이 밤하늘에게
젖을 주고 있어요

밤하늘도 눈썹 내리깔고
쌔근쌔근 잠이 들었어요.

봄의 사람

내 인생의 봄은 갔어도
네가 있으니
나는 여전히 봄의 사람

너를 생각하면
가슴속에 새싹이 돋아나
연초록빛 야들야들한 새싹

너를 떠올리면
마음속에 꽃이 피어나
분홍빛 몽골몽골한 꽃송이

네가 사는 세상이 좋아
너를 생각하는 내가 좋아
내가 숨 쉬는 네가 좋아.

엄마의 예절

모처럼 자식이 집에 찾아오면
번번이 자식에게 줄 것이
마땅치 않아 허둥대는 엄마

배고프겠다 어서 이거라도 먹어라
엄마에게 자식은 늘 객지를 떠도는
배고픈 들짐승이거나 길 잃은 날짐승

왜 편안히 앉아서 웃으며
이야기하는 게 먼저가 아니고
음식이 먼저냐고 자식들 투덜대도
엄마는 할 말이 별로 없다

어려서부터 자신의 몸에서
젖을 내어 먹였고
키우면서도 음식을 마련해
자식을 먹인 엄마

엄마에게는 음식이 먼저 사랑이다
그 어떤 이야기나 웃는 얼굴보다도
음식이 먼저 이야기다
그것이 엄마의 예절이다.

그럼에도 불구하고

어머니가 돌아가셨다
그럼에도 불구하고 나는
잠을 자야만 했고
밥을 먹어야 했다

늙고 병든 지구 만년설
얼음이 녹고 바닷물이 넘쳐나고
폭우가 쏟아지고 산불이 나고
북반구의 나라에
겨울에도 눈이 오지 않고

젊은이들은 일자리 없어
길거리를 헤매어도
그럼에도 불구하고
그럼에도 불구하고…….

화내지 마세요

화내지 마세요
당신 앞에서 나는 순한 짐승
어찌해야 할지를 모르겠어요

무서운 얼굴 하지 마세요
당신 앞에서 나는 조그만 풀꽃
그냥 웃고만 있겠어요

당신도 나에게
순한 짐승, 때로는
조그만 풀꽃이었음 좋겠어요.

풀밭에서 꽃다발을 만드는 소녀들
Girls in the Grass Arranging a Bouquet
1890

너를 떠올리면
마음속에 꽃이 피어나
분홍빛 몽골몽골한 꽃송이

꽃의 사람

저 사람이 내 사람이라고 생각하지 말고
내가 저 사람의 것이라고 바꾸어 한번 생각해보자
그래서 저 사람이 내 마음속에 들어와 사는 게 아니라
내가 저 사람 마음속에 들어가 살아야 한다고 생각해보자
대번에 세상이 달라질 것이고
대번에 생각과 행동이 바뀔 것이다
저 사람이 내 마음에 들도록 살기를 소망하기보다는
내가 저 사람 마음에 들도록 살게 될 것이다
억울한 일이 있어도 덜 억울한 마음이 들 것이고
서럽거나 외로운 마음이 있어도 덜 서럽고 외로울 것이다
그야말로 신세계의 열림이다
내가 꽃의 주인이 아니라 반대로 꽃이 나의 주인이라고
바꾸어 생각해보자
나는 분꽃의 사람이고 봉숭아꽃의 아우이고 채송화꽃의 이웃이라
생각해보자

얼마나 신나는 일인가?

얼마나 아름다운 세상인가?

정말로 세상은 유리알처럼 말긋말긋 깨끗해질 것이고

마음 또한 그러할 것이다

그야말로 다시 한 번 신세계의 열림 그것이다.

네가 가진 것을 아껴라
구름이여 꿈꾸는 구름이여 53

네가 가진 것을 아껴라.
해와 달이 하나이듯이
세상에 너는 너 하나,
너 이전에도 너는 없었고
너 이후에도 너는 없을
너는 너 하나.

많은 꽃과 나무 가운데
똑같은 꽃과 나무는 하나도 없듯이
세상의 많은 사람 가운데
너는 너 하나,
하나밖에 없는 소중한 존재,

세상의 그 무엇을 주고서도
너와 바꿀 순 없다.
세상을 다 주고서도
너를 대신할 순 없다.
세상의 어떤 값진 것으로도
너를 얻을 수는 없다.

네가 가진 것을 아껴라.
너의 결점과 너의 장점,
너의 좌절과 너의 승리,
너의 뜨거움과 그리움,
너의 깨끗함을 아껴라.

잔 사마리의 초상
Portrait of Jeanne Samary
1877

네가 가진 것을 아껴라.
해와 달이 하나이듯이
세상에 너는 너 하나,
너 이전에도 너는 없었고
너 이후에도 너는 없을
너는 너 하나.

개화

우리 아기 아는 말은
딱 한 마디 엄마라는 말

엄마 손 잡고 길을 가다가
손가락으로 가리키며
엄마, 엄마 부를 때

집들도 꽃으로 피어나고
나무도 꽃으로 피어나고
담장 위의 나팔꽃도 꽃으로 피어나고
하늘도 꽃으로 피어난다

엄마도 정말
엄마란 꽃으로 피어난다.

근황

요새
네 마음속에 살고 있는
나는 어떠니?

내 마음속에 들어와
살고 있는 너는 여전히
예쁘고 귀엽단다.

짧은 봄

다시 숨결 살아온
옛사람인가
새봄맞이 연둣빛
실버들인가

휘영청 달밤같이
가슴에 안겨 오는 아이
너는

아니 아니야
그냥 호잘분하고*
부드러운 비단 필인가

목마른 대지
수천 리 알몸을 풀어헤친
강물 하나였던가 보다

짧아서 내내 섭섭한 봄
네가 한번 왔다 갔기로
짧은 봄도 짧지 않았고
봄의 향기도 오래 남았다.

---

*'두껍지 않고 부드럽다'는 뜻의 충청도 지방어.

가브리엘과 장
Gabrielle and Jean
1895

국화 꽃다발
Bouquet of Chrysanthemums
1884

시집가는 딸에게

세월이 빨리 간다 그런 말 있었지요
강물같이 흘러간다 그런 말도 있었구요
우리 딸 어느새 자라 시집간다 그러네요

어려서 자랑자랑 품 안에 안겨들고
봄바람 산들바람 신록 같던 그 아이
이제는 제 배필 찾아 묵은 둥지 떠난대요

신랑도 좋은 청년 같은 학교 선배 사이
그동안 만나보니 맑은 마음 바른 행동
멀리서 보기만 해도 미더웁고 든든해라

얘들아 하루하루 작은 일이 소중하다
사랑은 마음속에 숨겨놓은 난초 화분
서로가 살펴주어야 예쁜 꽃이 핀단다

부모가 무엇을 더 바랄 것이 있겠나요
다만 그저 두 사람 복되게 잘 살기를
손 모아 빌고 싶어요 양보하며 살거라.

너를 두고

저녁나절에 생각한다
오늘도 무사히 일을 마치고
집으로 돌아가니 얼마나 좋은가
저녁에 집으로 돌아가
몸을 씻고 잠을 잘 수 있으니
얼마나 더 좋은가

더구나 멀리 있는 너
아무 소식도 없는 걸로 보아
아무 일도 없는 것 같으니
그 또한 얼마나 감사한 일인가
내일도 너 아무 일도 없기를!

나는 또 내일 어디로인가
새로운 세상 속으로
다시금 떠날 수 있기를
소망해본다.

2부 _ 따뜻한 눈길로 삶을 사랑하리라

산책
The Promenade
1876

바느질하는 여인
A Needlewoman
1874~1876

별것도 아닌 사랑

사랑 그것, 별것도 아니다

어색하게 손을 잡고 있을 것도 없이
다만 한자리 마주 앉아
가볍게 이야기를 나눈다든가 웃는다든가
그러다가 두 눈을 마주 보며 눈물 글썽이기도 하는 것
그보다 더 큰 것이 아니다

사랑 그것, 멀리 있는 것도 아니다

온다고 하고는 쉽게 나타나지 않는 시간
지루하게 기다리면서 가슴 졸인다든가
문득 네가 문을 열고 얼굴 내밀 때
가슴 덜컥 내려앉으면서 반가운 마음
그것에 더가 아니다

혼자 길을 가다가 구름을 보았다든가
바람에 몸을 흔드는 나무를 만났다든가
빈 하늘을 그냥 멍하니 우러를 때
까닭도 없이 코허리가 찌잉해지면서
눈물이라도 번진다면 그것이야말로
가슴속에 사랑이 집을 지었다는 증거

그렇다면, 그렇다면 말이다
사랑 그것은 별것이 아닌 것도 아니다.

창문을 연다

나는 지금 창문을 연다
창문을 열고
어두운 밤하늘의 별들을 본다

밤하늘에 빛나는 별들
그 가운데에서 제일로
예쁜 별 하나를 골라 나는
너의 별이라고 생각해본다

별과 함께 네가
내 마음속으로 들어온다
내 마음도 조금씩
밝아지기 시작한다

나는 이제 혼자라도
혼자가 아니다
우리는 멀리 헤어져 있어도
헤어져 있는 게 아니다

밤하늘 빛나는 별과 함께
너는 빛나는 별이다
너의 별을 따라 나도 또한
빛나는 별이다.

한 사람

쓰러질 듯 비틀거리며 사라지는
나의 뒷모습
안 보일 때까지 바라보아주는
한 사람.

까무라칠 듯 하루의 노동으로부터
돌아와 잠드는 내 얼굴
날이 샐 때까지 지켜보아주는
한 사람.

나중에 나중에
나 세상 떠날 때
내 망가진 몸과 마음
부드러운 손으로 싸안아 받아주실
오직 한 사람.

일생

사람이 한평생 살면서 가장
중요한 과업 가운데 하나는
자기 자신을 용서하고
가족들과 화해를 이루는 일

더하여 배우자한테
믿음을 얻고
자녀들한테 존경을 받는다면
그 이상 바랄 것이 없겠지

내가 이만큼 알고 있는 것도
실은 많이 아는 것이다.

엄마와 아기
Mother and Child
1883

고양이를 안고 있는 여인
Woman with a Cat
1875

나의 사랑은 가짜였다

말로는 그랬다
사랑은 지는 것이라고
지고서도 마음 편한 것이라고

그러나 정말로 지고서도
편안한 마음이 있었을까?

말로는 그랬다
사랑은 버리는 것이라고
버리고서도 행복해하는 마음이라고

그러나 정말 버리고서도
행복한 마음이 있었을까?

도망

손을 들여다보면 볼수록
점점 내 손은 사라지고
아버지의 손이 거기 와 있다
어머니의 손도 와 있다

거울을 보면 볼수록
나날이 내 얼굴은 떠나가고
아버지의 얼굴이 나를 바라보고 있다
어머니의 얼굴도 나를 바라보고 있다

어려서 가끔은
도망치고 싶었던 얼굴들!
이제 더 이상 도망갈 수 없음을
안다.

다 저녁때

세상살이 잠깐 마실 왔다 가는 거라고
말하는 그대,

답답하여 하 가슴 답답하여
실바람 되어 가다가
쏘낙비나 만나고 싶다는 그대,

그래 또 너는 언덕 위에 서 있는
한 그루 푸른 소나무나 되고 싶다는 거냐.

그래 또 너는 네 시골집 뒤울안
감나무 너른 감잎새에 뜨는
별빛이나 되고 싶다는 거냐.

세상 길 그 많은 길 다 두고
무서워 가는 길 잃어버려 가지 못하겠노라
말하는 사람아.

하늘 위에 밤이 되어 다 저녁때
흐려진 구름 같은 사람아.

슬픔

정작 누군가가 죽었어도
누군가와 헤어졌어도

그 사람을 사랑했어도
나보다 더 사랑한다고 말을 했어도

시간이 지남에 따라
슬픔과 아픔보다는

배고픈 마음이 더 많아진다는 사실이
문득 나를 슬프게 한다.

혼자서

무리지어 피어 있는 꽃보다
두 셋이서 피어 있는 꽃이
도란도란 더 의초로울 때 있다

두 셋이서 피어 있는 꽃보다
오직 혼자서 피어 있는 꽃이
더 당당하고 아름다울 때 있다

너 오늘 혼자 외롭게
꽃으로 서 있음을 너무
힘들어 하지 말아라.

3부

오늘도 그것은 나에게
풀기 힘든 문제입니다

마음이 어두우면
막동리를 향하여 14

욕심을 내면 보이지 않네
마음이 어두우면 보이지 않네
햇빛이 내어주는 가느다란 길
바람이 비껴주는 비좁은 길
그 길을 따라 끝끝머리
은행나무 한 그루
오두막집 한 채
노란 은행잎 떨어져 눕는 곳
익은 은행알 떨어져 숨는 곳
눈감은 마음이면 보이지 않네
따뜻한 눈길이 아니면 보이지 않네
햇빛과 바람이 놓아주는
조그만 다리를
건너고 건너서.

오늘

화내지 마세요
오늘이 얼마나
좋은 날입니까

슬퍼하지 마십시오
오늘이 얼마나
감사한 날입니까

얼굴 찡그리지 마십시오
당신이 얼마나
귀한 사람입니까.

행복

아니야 행복은
인생의 끝자락 어디에
숨어 있는 게 아니라
인생 그 자체에 있고
행복을 찾아가는 길
그 길 위에 이미 있다는 걸
너도 알겠지?

가다가 행복을
찾아가다가 언제든 끝이 나도
그 자체로서 행복해져야
그것이 정말로 행복이라는 걸
너도 이미 잘 알겠지?

오늘은 모처럼
맑게 개인 가을 하늘
너를 멀리 나는 또
보고 싶어 한단다.

3부 _ 오늘도 그것은 나에게 풀기 힘든 문제입니다

일본식 우산을 든 젊은 여인
Young Woman with a Japanese Umbrella
1876

오래오래 한 자리에
앉아 있고 싶습니다

밤사이

밤사이 이 땅 위에 무슨 일
있었는가
새 나무 이파리 더욱 자라고
꽃송아리 벌어지고
그밖에 밤사이 무슨 일
더 있었는가
골짜기에 비단 안개 알른알른
말려 하늘나라로 올라가고 있다
누군가 잠자리 이불을 챙기고 있다
밤사이 사람들 모르게
무슨 일 있었는가
누군가 땅 위에 내려와 어우러졌다가
떠났는가

나무마다 향내나고
풀잎마다 별의 몸내음
스몄다.

축복

하늘 나는 새는
언제나 배불리
먹이를 쪼지 아니하고
먹을 것이 있어도 얼마큼은
먹을 배를 남겨두는 법이라고

그래야 하늘 높이
날아오를 수 있고
넓은 세상을 볼 수 있고
또 오래 살 수도 있는 법이라고

할머니
마른 대추알처럼
쪼글쪼글한 입속에서 나온
대추씨처럼 단단하신 말씀

그러나 오늘도 아침
나는 어쩐다?
밥을 덜어내지 않고
다 먹고 말았으니.

3부_오늘도 그것은 나에게 풀기 힘든 문제입니다

여행에의 종말

오래오래 한 자리에 앉아 있고 싶습니다
여기까지 오기 위해 얼마나 먼 곳을 돌아
얼마나 많은 시간을 버렸겠나?

옆자리에 내 말을 곧잘 알아듣는 귀를 가진
한 사람이 있다면 그것으로 만족입니다
빙그레 웃음 지어줄 줄 아는 사람이라면
더더욱 좋을 일입니다

그의 옆얼굴에 어여쁜 잔주름에 겹쳐진
창밖 풍경에 하염없이 눈길을 던진 채
오래오래 눈물 글썽이고 싶습니다

더욱 오래오래 앉아서 멀리까지
아주 멀리까지 가서 다시는
이곳으로 돌아오지 않고 싶습니다

은행나무 아래

은행나무 아래
은행잎을 줍다가 보면
은행잎은 이미 낙엽이 아니네
그것은 지나간 우리들의 여름
우리들의 숨소리
우리가 버린 사랑과 기쁨
차마 아까와 밟지 못하네.

부끄럽지 않은 것만

그대가 내게
주는 것이 있다면
그중에서 오래 간직해도
변하지 않는 것 부끄럽지 않은 것만
받겠습니다
나머지는 고스란히
돌려드리지요.

베르네발의 아침식사
Breakfast at Berneval
1898

비밀
Confidences
1878

마음이 지옥일 때

누구에게나 마음이
지옥일 때 있지요
지옥에 붙잡혀 옴짝할 수 없을
때 있지요
그럴 땐 지옥을 견디며
살아선 안 돼요
화들짝 지옥을 박차고
밖으로 뛰어나와야 해요
당신과 내가 만나
불렀던 노래들을 생각해줘요
9월의 바람에 날리던
풍금 소리를 떠올려줘요
그러면 마음의 지옥이
조금씩 줄어들 거예요
그건 나한테도 그럴 거예요.

우후 雨後

비 개인 산에서 햇살이 목욕을 한다,
햇살은 아기 햇살 세 살박이 아기 햇살.
비 개인 숲에서 바람이 숨바꼭질한다,
바람은 아기 바람 다섯 살박이 아기 바람.

참 좋은 말

더 어렵게 말할 것 없다
망설일 것도 없고
더듬거릴 일도 아니다

9월에는 서로가 서로를
용서하자
원망과 상처는 둘이 만들지만
용서는 혼자서 해야 한다는 말
참 좋은 말이다

9월은 용서의 계절
어렵겠지만 나도
누군가를 용서하고 싶고
민망한 일이지만 나도
누군가로부터
어렵게 용서받고 싶다.

붓꽃

슬픔의 길은
명주실 가닥처럼이나
가늘고 길다

때로 산을 넘고
강을 따라가지만

슬픔의 손은
유리잔처럼이나
차고도 맑다

자주 풀숲에서 서성이고
강물 속으로 몸을 풀지만

슬픔에 손목 잡혀 멀리
멀리까지 갔다가
돌아온 그대

오늘은 문득 하늘
쪽빛 입술 붓꽃 되어
떨고 있음을 본다.

볼로뉴 숲의 스케이트 타는 사람들
Skaters in the Bois de Boulogne
1868

저녁 해

저녁 해는 짧다
짧아서 아름답다
아름다워도 눈부시도록 아름답다

너의 저녁 해도 짧다
여전히 아름답지만
때로는 지쳐 있고 우울하다

나는 본다 너의 저녁 해 아래
불끈 솟아오르는 또 하나
검붉은 해가 숨어 있음을

한 시절 나에게도 그런
저녁 해가 있었다
그러나 나는 그것을 오래 알지 못했다

그러니 너는 알아야 한다
너의 저녁 해에는 너도 모르는
힘이 숨어 있다는 것을

그러니 너도 살아라
너의 저녁 해가 눈부시도록
서럽도록 눈부실 때까지 말이다.

제비꽃

그대 떠난 자리에
나 혼자 남아
쓸쓸한 날
제비꽃이 피었습니다
다른 날보다 더 예쁘게
피었습니다.

삶 2

하나를 얻으면
하나를 잃는다
어느 것은 잡고
어느 것을 놓을 것인가
오늘도 그것은 나에게
풀기 힘든 문제였다.

멀리 그대의 안부를 묻는다

행복은 하늘 위에 두둥실 무지개라고 생각했다
산 너머, 산 너머에 있는 거라고 생각해
긴 목을 더 길게 늘이곤 했다
지금 여기에 있는 것이 아니고
어제 거기, 내일 저기에 있다고 생각해
그리워했고 애달파했고 늘 아쉬워했다
번번이 목이 마르곤 했다

그러나 지금은 아니다
비록 여기에 그대 나와 함께 있지 않을지라도
거기에 그대 잘 있다는 것만으로도
나는 안심이고 평안하고 행복하다
비록 지구 반대편에 그대 있을지라도
함께 지구를 숨 쉬고 지구를 느끼며
하루하루 살아감이 얼마나 고마운 일인가!

그러하다 하루하루다
하루하루의 평안과 안녕과 무사함이 행복이다
그대 거기 잘 있나요?
나 여기 여전히 숨 잘 쉬고 있어요

멀리, 그대의 안부를 묻는다
우리에게 더 이상 가까워질 수 없는
목숨의 거리가 있을지라도
거기 그대 잘 있나요? 나 여기 잘 있어요
스스로 묻고 대답하며 나는 오늘도
그대로 하여 충분히 행복하고 기쁘다.
그 위에 무엇을 더 꿈꾼단 말인가!

알파벳
The Alphabet
1897

바느질하는 장 르누아르
Jean Renoir Sewing
1899

남몰래 부르고 싶은 이름을
사랑이여 조그만 사랑이여 38

남몰래 혼자 부르고 싶은 이름을
가졌다는 것은
황홀하도록 기쁜 일이다.

남몰래 혼자 생각하고픈 사람을
가졌다는 것은
슬프도록 기쁜 일이다.

나 혼자만 생각하다가 잠이 들고
나 혼자만 생각하다가 잠이 깨고픈
사람을 갖는다는 건
행복하도록 외로운 일이다.

나를 산의 나무, 들의 풀이라
불러다오.
내 몸의 어디를 건드리든지
푸른 풀물 향그런 나무 내음이
번질 것만 같지 않느냐!

나를 조그만 북이라고
불러다오.
내 몸의 어디를 건드리든지
두둥둥둥 두둥둥둥
북소리가 울릴 것만 같지 않느냐!

새로 봄

겨울을 이겨야 봄이지요
여전히 살아 있는 목숨이어야 봄이지요
그러니 봄이 기적이 아닌가요

새로 꽃이 피어야 봄이지요
새로 잎이 나고 새가 울어야 봄이지요
그러니 봄이 더욱 기적이 아닌가요.

지구와 더불어

누군가 한 사람을 사랑하여 밤을 새워 생각하고 있었다
그 밤에 지구는 바알간 등불을 켜고 있었다
지구의 가슴이 더욱 정다워진 것이다

누군가 한 사람을 사랑하여 한낮에 기도를 드리고 있었다
그 낮에 지구는 초록빛으로 빛나고 있었다
지구의 마음이 더욱 싱싱해진 것이다

누군가 마음이 변해버린 애인을 생각하며 흐느껴 울고 있었다
그날에 지구도 따라서 훌쩍이고 있었다
지구도 그 사람이 불쌍한 생각이 들었던 것이다

버림받은 사람도 이런 때는 지구와 더불어
마음이 따뜻해서 좋았다.

작은 배
The Skiff
1875

감사

이만큼이라도 남겨주셨으니
얼마나 좋은가!

지금이라도 다시 시작할 수 있으니
얼마나 더 좋은가!

별똥별

별들에게도 입학시험 있고
어려운 취직시험 있나?
우주에도 양극화 사회가 있나?

오늘밤 어렵사리
흐린 하늘 뚫고 자진自盡하는
빛나는 별 하나를 본다.

봄 나무

나무야 나무야
너는 무슨 슬픔이 있어
그리도 울컥울컥
울음을 토해놓고 있는 거니?

연둣빛, 연초록으로
진한 초록으로
토해놓는 울음
산을 지우고 골짜기를 지우고
드디어 들판까지를 지우는구나

아니야 그것은 지구의 슬픔

지구의 울음

나도 이 봄이 다 가도록

나무의 울음을 따라서 울고

지구의 울음을 따라서 운다.

봄비

우리 집 목련꽃이
새하얀 새처럼 푸득이며
날아갈 것 같이
활짝 핀 오늘

심술궂게도
비가 내렸다

목련꽃은 훨훨
날아보지도 못하고
하나씩 날개를 잃고
땅바닥에 떨어져 죽었다

아, 봄비가 밉다.

씨앗
그대 지키는 나의 등불 34

내가 뿌린 고독의 씨앗이요
내가 키운 비애의 새싹인데
그놈들이 나보다 먼저 자라
내 앞길을 막고 섰네
내 하늘을 가리고 섰네.

수확하는 사람들
The Harvesters
1873

이 가을에

아직도 너를
사랑해서 슬프다.

줄여야만

조금씩 줄여야만 된다는 걸 알지만
그게 잘 되지 않는다
그러나 그럴수록
조금씩 줄여야 한다
하고 싶은 말
하고 싶은 일
갖고 싶은 것들
조금씩 참아야 한다
그렇지 않는 한 우리는
벼랑에 선 나무가
되고 말 것이다.

도토리 한 알
변방 8

도토리 한 알이 여물어서
가을은 오고
도토리 한 알이 도르르
풀숲 길에 굴러 떨어져
가을은 익고
쪼르르 다람쥐 한 마리
도토리알 물고 굴 속으로 들어가
가을은 간다.

내가 가진 것이 무에고
별곡집 106

내가 가진 것이 무에고 내게 없는 것이 무에랴.

내 애당초 가진 거 별로 없었고

지금도 가진 거 별로 없음을 탓하지 않으니,

앞으로도 가진 거 별로 없어 후회는 없다.

윤슬 앞

까닭 없이 서러울 때 있지요
버림받은 일도 없이 버림받은 것 같은 마음

몸이 아플 때
계절이 바뀔 때

강가에 나가보면 강물 위에
윤슬이 살아날 때지요

강물도 서러운 일 있어
햇빛을 빗보며 눈빛을 반짝이나 보아요

내가 몸이 아프면
말이 없고 조용해진다는 걸 아는 당신

고마워요 감사해요
당신 그런 마음 염려로 내가 살아요.

라 그르누이에르
La Grenouillere
1869

우리가 마주 앉아
사랑이여 조그만 사랑이여 30

우리가 마주 앉아
웃으며 이야기하던
그 나무에는
우리들의 숨결과
우리들의 웃음 소리와
우리들의 이야기 소리가
스며 있어서,
스며 있어서,

우리가 그 나무 아래를 떠난 뒤에도,
우리가 그 나무 아래에서
웃으며 이야기했다는 사실조차
까마득 잊은 뒤에도,

해마다 봄이 되면 그 나무는
우리들의 웃음소리와
우리들의 숨결과 말소리를 되받아
싱싱하고 푸른 새잎으로 피울 것이다.

서로 어우러져 사람들보다 더
스스럼없이 떠들고 웃고 까르륵대며
즐거워하고 있을 것이다.
볼을 부비며 살을 부비며 어우러져
기쁨을 나누고 있을 것이다.

어린 낙타

마음속에 낙타 한 마리
살고 있었네
어리고도 순한 낙타
세상물정 모르고
오직 세상한테
사랑받기만을 꿈꾸던 낙타

쉽사리 세상한테
사랑받을 수 없었네
타박타박 걸으며 걸으며
어른 낙타가 되었고
늙은 낙타가 되었네

가도 가도 목마른 날들
팍팍한 발걸음
세상은 또 하나의 사막
어디에도 쉴 만한 그늘은 없고
주저앉을 의자 하나
마련되어 있지 않았네
오늘도 늙은 낙타 사막을 가네

물 없는 길 사랑 없는 길
세상한테 사랑받고 싶은 마음 하나
세상 속으로 길 떠나네
사막의 길 걷고 또 걷네.

초원
The Meadow
1880

너무 외로워 마세요

너무 외로워 마세요
당신 혼자라고 너무 많이 외로워 마세요
언제든 당신 옆에 누군가
숨 쉬고 있다고 생각하고
당신 등 뒤에서 누군가 당신을 위해
기도하고 있다고 믿으세요

너무 서러워 마세요
작은 일로 너무 많이 서러워 마세요
다른 사람들 당신에게
섭섭하게 대해주면 오히려
당신이 다른 사람에게 섭섭하게
대해주지 않았는지 살펴볼 일입니다

너무 힘들어하지 마세요
지금 당신의 일로 너무 많이 힘들어 하지 마세요
모든 좋은 일에 끝이 있듯이
아무리 어려운 일 어두운 일에도
언젠가는 다할 날이 있음을
부디 믿고 의심하지 마시기 바래요

더러는 발길 멈추고 고개를 들어
드넓은 하늘을 우러르고
흐르는 구름 스치는 바람을 느낄 일입니다
더러는 당신 가슴 안에 그리움의 강물 하나
불러들여 멀리 흐르게 하고
그 강물을 따라가 보기도 할 일입니다.

별 한 점

밤하늘에
별 한 점

흐린 하늘을 열고
어렵사리 나와
눈맞추는 별 한 점

어디 사는 누굴까?

나를 생각하는 그의 마음과
그의 기도가 모여
별이 되었다

나의 마음과
나의 기도와 만나 더욱
빛나는 별이 되었다

밤하늘에
눈물 머금은
별 한 점.

꽃 핀 밤나무
Chestnut in Blossom
1881

4부

달과 별도 아니면서
우리는 반짝였네

사람들은 모릅니다
사랑하는 마음 내게 있어도 73

사람들은 모릅니다
숲이 푸른 나뭇잎으로
우거져 있는지 아닌지
낭떠러지에 칡넝쿨이
뻗어 있는지 아닌지
들꽃이 피어 있는지 아닌지……

그러나 어느 날 갑자기
된서리가 내려 나뭇잎이 떨어지고
칡넝쿨이 시들고 들꽃이
시들기 시작하면
아 저기 나뭇잎이 우거져 있었구나
칡넝쿨이 있었고
들꽃이 피어 있었구나
깨달아 알게 됩니다

사랑도 마찬가지……
사람들은 자기에게 이미
사랑이 숨어 있는데도
그것을 모릅니다

그러나 어느 날 갑자기
이별의 순간이 찾아와
사랑을 떠나보내려 할 때에야
비로소 자기의 사랑을 깨닫고
아쉬워 슬픔에 잠깁니다.

사랑은 받는 것이 아니라
그대 지키는 나의 등불 22

사랑은 받는 것이 아니라
주는 것이요
사랑은 채우는 것이 아니라
비우는 것입니다
그리하여 스스로
낮아지고 충만해지는 것입니다

사랑이 주는 것이라면
좋은 것 새것으로 주되
끊임없이 주는 것이요
사랑이 비우는 것이라면
비우기는 비우되
깨끗하게 자취 없이 비우는 것입니다
그리하여 스스로
아름다워지고 완전해지는 것입니다.

그대 만나는 것이 내게는
그대 지키는 나의 등불 25

시시하고 재미없는 세상

그대 만나는 것이 내게는

단 하나 남은 희망이었소

그대 만남으로 새로운

슬픔이 싹트고

새로운 외로움이 얹혀진다 해도

그대 만나는 일이 내게는

마지막으로 남은 행복이었소

나에게 허락된 날이 하루뿐이라면

하루치의 희망과 행복

또 그것이 1년뿐이라면

1년치의 행복과 희망

내 사랑 그대여

부디 오늘도 안녕히.

샤투의 철교
Railway Bridge at Chatou
1881

그대를 위해서라면
그대 지키는 나의 등불 24

내 사랑 그대를 위해서라면
백 번을 넘어지고서라도
백 한번 일어서리

내 사랑 그대를 위해서라면
천 번을 슬퍼하고서라도
천 한번 후회 없으리

하늘의 별을 따다
네게 주마
세상에는 없는 꽃
그 향기를 네게 주마

그대 있는 곳에
기쁨 있고
내가 있는 곳에
슬픔 있네.

손님처럼

봄은 서럽지도 않게 왔다가
서럽지도 않게 간다

잔칫집에 왔다가
밥 한 그릇 얻어먹고
슬그머니 사라지는 손님처럼
떠나는 봄

봄을 아는 사람만 서럽게
봄을 맞이하고
또 서럽게 봄을 떠나보낸다

너와 나의 사랑도
그렇지 아니하랴
사랑아 너 갈 때 부디
울지 말고 가거라

손님처럼 왔으니 그저
손님처럼 떠나가거라.

4부 _ 달과 별도 아니면서 우리는 반짝였네

아르장퇴유 부근의 센 강
On the Seine, near Argenteuil
1874

거리에 비가 내리면

거리에 비가 내리면
나뭇잎은 떨어져 발에 밟히고
우리들 사랑도 땅에 딩구네
옷깃을 세운다고
가슴에 떨림이 멎으랴
떨리는 두 다리와 한 가슴으로
헐벗은 나무 아래 서서
나는 후회하기 위해서 그대를
사랑합니다
사랑하기 위해서 그대를
미워합니다.

폭설

무슨 할 말이 저리도 많았던 겔까?
무슨 슬픔이 그리도 쌓였던 겔까?
누군가 돌아앉아 퍽퍽 울음 쏟고 있는 사람,
비어가는 가슴이여. 휘어지는 나뭇가지여.

사랑한다는 것은
구름이여 꿈꾸는 구름이여 41

사랑한다는 것은 우선적으로
내가 너를 믿는다는 말이다.

사랑한다는 것은 우선적으로
내가 너를 기다린다는 말이다.

사랑한다는 것은 우선적으로
내가 너를 오래 잊지 않는다는 말이다.

사랑한다는 것은 네가 떠난 자리에
나 혼자 남는다는 말이다.

사랑한다는 것은 우선적으로
내가 너를 용서한다는 말이다.

만나자마자 우리는
사랑이여 조그만 사랑이여 8

만나자마자 우리는
헤어질 슬픔을 두려워했고
헤어지자마자 우리는
오래 기다려야 할 괴로움을
또한 두려워했다.

사랑은
구름이여 꿈꾸는 구름이여 47

사랑은
거울,

사랑하는 사람을 통해서 보는
또 하나의 나.

사랑은
색안경,

사랑하는 사람을 통해서 보는
물들인 세상.

자수정빛 연둣빛으로
때로는 회색빛으로

사랑은
하늘,

나 혼자서 다다를 수 없는
이상한 나라의 구름층계.

4부 _ 달과 별도 아니면서 우리는 반짝였네

첫눈 같은

멀리서 머뭇거리기만 한다
기다려도 쉽게 오지 않는다
와서는 잠시 있다가 또
훌쩍 떠난다
가슴에 남는 것은 오로지
서늘한 후회 한 조각!

그래도 나는 네가 좋다.

꽃구경

벚꽃 피면 꽃이 되어 다시 올게요
그 아이 내 앞에서
웃으며 이뤘던 약속

올해도 벚꽃은 피어 만발
흐드러졌는데
벌써 벚꽃들 떠날 채빈데

그 아이 온다는 소식은 없고
혼자 와서 벚꽃나무
올려다보는 날

먼 사람 약속인 양 손길인 양
벚꽃 잎 나비되어 펄펄
날려라 바람에 하늘에 날려라.

예쁜 꽃을 보면
네 얼굴쯤으로 보였다

꽃을 따는 소녀
Girl Gathering Flowers
1872

마지막 기도

더 이상 그를
사랑하지 않게 해주십시오
사랑하는 마음이 언젠가
미움의 마음으로 변할까 걱정입니다

어떤 경우에도 그를
미워하지 않게 해주십시오
그를 사랑했던 마음
오래오래 후회될까 봐 걱정입니다.

그대 생각하는 마음
그대 지키는 나의 등불 12

강물은 흐른다

그대 생각하는 내 마음도 흐른다

나무는 춥다

그대 생각하는 내 마음도 춥다

날 어둡자

하늘에 별이 반짝인다

반짝이는 게 어디 별뿐이랴

그대 생각하는 내 마음도 반짝인다

마을의 불빛은 애닲다

애달픈 게 어디 마을의 불빛뿐이랴

그대 지키는 내 마음의 등불도 애닲다.

4부 _ 달과 별도 아니면서 우리는 반짝였네

살아남기 위하여

순간순간 희망을 버린다
버리지 않으면
버티지 못할 것만 같아서
하늘 끝으로 빨려
올라갈 것만 같아서

들숨에 한 번 버리고
날숨에 다시 한번 버린다
사랑한다, 사랑했다
너를 버리고
너의 사랑을 버린다.

첫눈

요즘 며칠 너 보지 못해
목이 말랐다

어제 밤에도 깜깜한 밤
보고 싶은 마음에
더욱 깜깜한 마음이었다

몇 날 며칠 보고 싶어
목이 말랐던 마음
깜깜한 마음이
눈이 되어 내렸다

네 하얀 마음이 나를
감싸 안았다.

어디를 가든
사랑이여 조그만 사랑이여 35

어디를 가든
네가 따라 다녔다.

꽃을 보아도 예쁜 꽃은
네 얼굴쯤으로 보였고

산을 보아도 조그만 산은
네 가슴쯤으로 보였다.

내 옆에 없는 네가 어느샌가
바람 타고 내 옆에 와서

무엇을 보든 나는 너와 함께 보았고
무엇을 듣든 나는 너와 함께 들었다.

너와 함께 보는
철쭉꽃, 칠갑산 산철쭉꽃.

너와 함께 듣는
방울새 소리, 칠갑산 방울새 소리.

호숫가에서
Near the Lake
1880

그리하여 사랑은

사랑은 혼자서가 아니라
둘이서 마주 어지러운 흔들림입니다

사랑은 혼자서가 아니라
둘이서 마주 흐느끼는 울음입니다

그리하여 사랑은 둘이서만 알고 있는
이야기가 생겨난다는 것입니다

다른 사람들에게 들키고 싶지 않은
비밀이 하나씩 싹튼다는 것입니다

사랑은 즐거움이 아닙니다

다만 그것은 지루한 기다림이고
혼자서만 누리는 고독의 황홀입니다

그리하여 사랑은
스스로 선택한 고통의 나날입니다.

하늘엔 별 그대 눈엔 눈물이

그대 지키는 나의 등불 43

하늘엔 별

그대 눈엔 눈물이

하늘엔 별

내 입엔 한숨이

하늘엔 별

골목엔 낙엽이

하늘엔 별

땅 위엔 사랑이.

부서지는 달님은
사랑이여 조그만 사랑이여 10

차고 맑은 여울물에 빠져 부서지는 달님은
차고 깨끗한 너의 얼굴.
신록에 얹히는 산들바람은
너의 머리칼 내음 머금은 바람.

4부 _ 달과 별도 아니면서 우리는 반짝였네

꽃을 바라보고 있었다
구름이여 꿈꾸는 구름이여 1

너랑
꽃밭의 꽃을 바라보고 있었다.
나는 꽃을 꺾지 말고 그냥
꽃나무인 채 바라보자고 했고
너는 꽃을 꺾어다 꽃병에 꽂아 놓아두고
보자고 했다.

아무리 꺾어도 꽃은
새로이 피어오르기 마련이니까
꺾어도 된다는 것이 너의 지론이고
그렇더라도 꽃은 꺾지 말고 그냥
꽃나무인 채로 보는 것이 더 좋다는 것이
나의 지론이다.

이 두 생각의 차이,
세상을 바라보는
이 두 입장의 차이,
너와 나와의 사이에 언제나 이만큼
좁혀지지 않는
이 두 생각의 차이는
어디서부터 오는 것일까?

허기사, 세상은 그래서
네게나 내게나
또 한번 비늘 반짝이고
새로운 세상으로 보이는지
모를 일이다.

트리니티 광장
Place de la Trinité
1875

나에게 이 세상은
하루하루가 선물입니다

선물

나에게 이 세상은 하루하루가 선물입니다
아침에 일어나 만나는 밝은 햇빛이며 새소리,
맑은 바람이 우선 선물입니다

문득 푸르른 산 하나 마주했다면 그것도 선물이고
서럽게 서럽게 뱀 꼬리를 흔들며 사라지는
강물을 보았다면 그 또한 선물입니다

한낮의 햇살 받아 손바닥 뒤집는
잎사귀 넓은 키 큰 나무들도 선물이고
길 가다 발밑에 깔린 이름 없어 가여운
풀꽃들 하나하나도 선물입니다

무엇보다도 먼저 이 지구가 나에게 가장 큰 선물이고
지구에 와서 만난 당신,
당신이 우선적으로 가장 좋으신 선물입니다

저녁 하늘에 붉은 노을이 번진다 해도 부디
마음 아파하거나 너무 섭하게 생각지 마세요
나도 또한 이제는 당신에게
좋은 선물이었으면 합니다.

우리 이만큼서 헤어집시다

우리 이만큼서 헤어집시다.
앞으로 영영 만나지 못한다 해도
어느 길목에서 문득 만난다 해도
우리 이만큼서 미련 없이 헤어집시다.

나뭇잎도 저 가로수에서
말없이 떠나가지 않습니까.
당신의 물결치는 머리칼 위에
하얀 싸락눈이 어지럽게 내리고 있습니다.

우리는 언제나 고향을 두고 온
섭섭하고 외로운 나그네,
영원히 헤어져 못 만난다 해도
우리 서로 눈을 바라보다
목이 메여 더운 눈물이
볼을 적셔 흐른다 해도
아무 말 없이 아무 미련 없이
이만큼서 우리 헤어집시다.

네가 너무나 예쁘므로
사랑이여 조그만 사랑이여 55

나는 네 앞에서 조바심난다,
네가 너무나 예쁘므로.

나는 네 앞에서 슬퍼진다,
내 마음이 자주 흔들리므로.

나는 너를 만나게 된 것을 후회한다,
너는 기쁨도 가져왔지만
기쁨의 크기보다 더 큰 고통을 가져왔으므로.

너와 함께 있을 땐 빨리 헤어지고 싶고
헤어지고 나서는 보고 싶어 가슴 조여지는
나의 마음을 나도 모른다.

오랜 사랑

바위는 부서져 모래가 되는데
사람의 마음은 부서져 무엇이 되나?

밤새워 우는 새
아침 이슬
기와집 처마 끝에 걸린 초승달
더러는 풍경소리

바다는 변하여 뭍이 되는데
우리의 사랑은 변하여 무엇이 되나?

마더 구스
Mother Goose
1898

풍경 속 두 여인
Two Young Women in a Landscape
1916

사랑

사랑할까 봐 겁나요, 당신
언젠가 당신 미워할지도 모르고
헤어질지도 몰라서지요

미워할까 겁나요, 당신
미워하는 마음 옹이가 되어 내가
나를 더 미워할 것만 같아서지요

이제는 당신 사랑하지 않는 것이
나의 사랑이어요.

사라져가는

사랑하는 마음 내게 있어도 60

사라져가는
기찻길 위에
내가 있습니다

사라져가는
하늘길 위에
그대 있습니다

멀리 있어서
정다운 이여,

사라짐으로 우리는
비로소 아름답고
떠나감으로 우리는
비로소 참답습니다.

4부 _ 달과 별도 아니면서 우리는 반짝였네

꽃순 새순

사랑하는 자야
나를 아프게 하는 자야
왜 내가 너를 만났던가 몰라
왜 내가 너를 사랑했던가 몰라
애당초 만나지 말고
사랑하는 마음조차 갖지 말 것을

새봄인가 하고
예쁘고도 여린 새순 내밀고
안녕 안녕 나예요
얼굴 내밀었다가
늦게 닥친 추위에
목이 움츠러든 새순이며
꽃순을 좀 보아

만나지나 말았을 것을
사랑하는 마음이나 갖지 말았을 것을
사랑하는 자야
가슴에 와서 꽃순이 되고
새순이 되어 마음 아프게 하는 자야.

4부 _ 달과 별도 아니면서 우리는 반짝였네

말이 있는 풍경
Landscape with Horses
1900~1905

책 읽는 쇼케 부인
Madame Chocquet Reading
1876

당신도 부디

아무래도 말기 행성인 지구
이 지구에 와서 만난 당신
가장 정다운 사람인 당신

우리가 만나고 헤어지고
가슴 졸여 사랑했던 일들을
오래도록 기억하고 싶습니다

주황빛 혼곤한 슬픔과
성가신 그리움이며 슬픔까지
오래오래 간직하고 싶습니다

당신도 부디 그래 주시기 바랍니다.

달무리

우리가 만나던 날에 뜨던 달무리
쪽박샘 샘물 위에 그 달무리
달무린 생글생글 너의 얼굴 웃는 얼굴
내 가슴속에서도 떠서 올랐지

우리가 헤지던 날에 지던 달무리
무서리 대숲 길에 그 달무리
달무린 아스무레 젖은 눈썹 우는 얼굴
내 가슴속에서도 지고 있었지.

4부 _ 달과 별도 아니면서 우리는 반짝였네

둘이서
이별 사랑 17

네 마음속에 내가 살고
내 마음속에 네가 살면
우리는 두 사람이 한 사람

꽃이 아니면서 꽃이고
달과 별 아니면서
달과 별이네

떠나지 말아라
내 마음속의 너
내보내지 말아다오
네 마음속의 나

꽃이 아니면서 우리는
둘이서 웃고
달과 별 아니면서 우리는
둘이서 반짝이네.

사랑한다는 것은 2
그대 지키는 나의 등불 19

사랑한다는 것은 가난해진다는 것이다

사랑한다는 것은 추워진다는 것이다

사랑한다는 것은 배고파진다는 것이다

사랑한다는 것은 초라해진다는 것이다

사랑한다는 것은 잠 못 드는 밤을 갖는다는 것이다

그러면서도

사랑한다는 것은 행복해지는 것이다

사랑한다는 것은 부자가 되는 것이다

사랑한다는 것은 불평 없어지는 것이다.

얼마나 좋았을까
사랑이여 조그만 사랑이여 16

이렇게 좋은 날씨에
이렇게 좋은 신록을 앞에 두고
내 옆에 네가 있었다면
얼마나 좋았을까?

네가 없음으로 하여 나는
이토록 빛나는 외로움과
슬픔을 갖거니와
멀리 있는 사람아,

나 혼자 가진
이 외로움과 슬픔 또한
네가 나에게 준
값비싼 선물이겠네.

두 어린 소녀
Two Little Girls
1890

독서하는 두 소녀
Two Girls Reading
1890~1895

옥수수나무 이파리
변방 12

바람이 옥수수나무 너른 이파리에 와 흔들리는 걸
돌 지난 아기가
눈여겨 바라보고 있다.

바람이 옥수수나무 너른 이파리에 와 소리하는 걸
돌 지난 아기가
귀 기울여 듣고 있다.

녀석의 눈에는
바람에 흔들리는 옥수수나무 이파리가
천상天上의 춤으로 보이는 것일까?
녀석의 귀에는
바람에 소리하는 옥수수나무 이파리가
천상의 음악으로 들리는 것일까?

아직도 우리에게
변방 51

아직도 우리에게
사랑의 힘은 크다.

아직도 우리에게
슬픔의 힘은 크다.

아직도 우리에게
눈물의 힘은 크고 또 크다.

사랑하는 사람아,
나의 사랑과 슬픔과 눈물을 주리라.

바람이 붑니다
사랑하는 마음 내게 있어도 58

바람이 붑니다
창문이 덜컹댑니다
어느 먼 땅에서 누군가 또
나를 생각하나 봅니다.

바람이 붑니다
낙엽이 굴러갑니다
어느 먼 별에서 누군가 또
나를 슬퍼하나 봅니다

춥다는 것은 내가 아직도
숨 쉬고 있다는 증거
외롭다는 것은 앞으로도 내가
혼자가 아닐 거라는 약속

바람이 붑니다
창문에 불이 켜집니다
어느 먼 하늘 밖에서 누군가 한 사람
나를 위해 기도를 챙기고 있나 봅니다.

4부 _ 달과 별도 아니면서 우리는 반짝였네

깊은 밤
사랑이여 조그만 사랑이여 67

깊은 밤 책을 읽다가
눈을 감으면
네 얼굴이 떠오른다.
네 맑은 눈매가
네 깨끗한 목소리가 떠오른다.

우리는 어느 별에서 만났기에
이토록 사랑하는 겁니까?
우리는 어느 별에서 헤어졌기에
이토록 그리워하는 겁니까?*

네 얼굴과
네 눈매와
네 목소리를 떠올리면 나는
입술에 침이 마르고
불에 데인 듯 입속이 화끈거리고
목이 말라진다.

그렇다……
우리는 어느 별에서 만났고
어느 별에서 헤어졌기에
내가 너를 좋아한다는 이 말조차 나는 못하고
너를 좋아하고
네가 나를 좋아한다는 그 말조차 너는 못하고
나를 좋아하는 거냐!

---

* 정호승 시인의 시 「우리가 어느 별에서」에 '우리가 어느 별에서 만났기에/이토
록 서로 그리워하느냐'란 구절이 있음.

엮은이의 말

청춘의 계절은 열정적이고 생기롭습니다. 무엇이든 이룰 수 있는 가능성과 희망, 그리고 기대가 함께하지요. 그러나 동시에 미래는 불투명하고 불안합니다. 넘쳐나는 에너지를 엉뚱한 방향으로 쏟아 버리기도 하지요. 그러나 조금은 어긋나고 미숙한 선택들마저 청춘이라는 이름으로 허락되고, 그것이 또 하나의 아름다움으로 남는 시기이기도 합니다.

저는 '청춘' 하면 아델(Adele)의 노래 「Someone Like You」가 떠오릅니다. 이 노래에서 화자는 뜨겁게 사랑했던 시절을 회상하며 이렇게 말합니다. "우리는 여름 안개 속에서 태어나고 자랐지, 우리의 찬란한 날들이 안겨준 놀라움에 사로잡힌 채(We were born and raised in a summer haze, bound by the surprise of our glory days)". '여름 안개'라는 말보다 청춘과 더 잘 어울리는 표현이 있을까요! 눈부시고 에너지 넘치는 여름의 계절 속에서 뜨겁게 사랑하지만, 동시에 안개 속에 서 있는 듯한 한치 앞이 보이지 않는 시간. 행복과 혼돈이 뒤섞인 채 방향을 잃고 결국 이별에 이르게 되는 모습이 고스란히 그려집니다.

청춘은 나이에 국한되지 않습니다. 진정한 사랑을 하는 순간일 수도 있고, 오래도록 간절히 원해온 일을 향해 온 열정을 쏟아붓는 그 순간일 수도 있으며, 열심히 자녀를 키우며 가정에 충실한 나날을 보내고 있는 때 일 수도 있습니다. 우리가 가진 수많은 사회적 역할과 관계 속에서 버겁지만 성실하게, 오늘을 포기하지 않고 온전히 살아내는 사람이라면 누구나 청춘을 살고 있는 것입니다.

여름의 빛과 안개 속에서 웃고 울고, 설레고 답답해하는 청춘들을 떠올리며 여러 날 고민하며 시를 골랐습니다. 이 책이 겨우내 지친 마음을 조금이나마 회복시켜 준다면, 그보다 더 바랄 것은 없겠습니다.

봄을 기다리며,
김예원 씁니다.

엮은이의 말

나태주의 인생 시집 2

나도 꽃인데 나만 그걸 몰랐네

1판 1쇄 발행 2026년 2월 13일
1판 3쇄 발행 2026년 4월 20일

지은이 나태주
엮은이 김예원

발행인 황민호
본부장 박정훈
책임편집 최경민
기획편집 김선림 윤혜림
마케팅 이승아
국제판권 이주은
제작 최택순 성시원

발행처 대원씨아이㈜
주소 서울특별시 용산구 한강대로15길 9-12
전화 (02)2071-2019
팩스 (02)749-2105
등록 제3-563호
등록일자 1992년 5월 11일

www.dwci.co.kr

ISBN 979-11-423-4506-7 (04810)